Rei Artur
e os
Cavaleiros
da Távola Redonda

Título original: *King Arthur and the Knights of the Round Table*
Título da edição brasileira: *Rei Artur e os Cavaleiros da Távola Redonda*
© Marcia Williams, 1996
Publicado mediante acordo firmado com Walker Books Limited, London SE11 5H

Edição brasileira
Diretor editorial   Fernando Paixão
Coordenadora editorial   Gabriela Dias
Editor assistente   Emílio Satoshi Hamaya
Preparador   Renato Potenza
Coordenadora de revisão   Ivany Picasso Batista
Revisoras   Alessandra Miranda de Sá
                            Cátia de Almeida

ARTE
Edição   Antonio Paulos e Cíntia Maria da Silva
Assistentes   Claudemir Camargo e Eduardo Rodrigues
Diagramação   Estúdio O.L.M.

CIP-BRASIL. CATALOGAÇÃO NA FONTE
SINDICATO NACIONAL DOS EDITORES DE LIVROS, RJ

Williams, Marcia, 1945-
  Rei Artur e os Cavaleiros da Távola Redonda / recontado e ilustrado por Marcia Williams ; tradução de Luciano Vieira Machado. - São Paulo : Ática, 2005
  32p. : il. - (Clássicos em Quadrinhos ; 5)

  ISBN 978-85-08-09821-7

  1. Artur, Rei - Literatura infantojuvenil. 2. Artur, Rei - Histórias em quadrinhos. 3. Romances arturianos - Adaptações. I. Machado, Luciano Vieira. II. Título. III. Série.

05-1250   CDD-028.5 / CDU 087.5

ISBN 978 85 08 09821-7 (aluno)

Código da obra CL 732214
Cae: 224537 - AL

2017
1ª edição
12ª impressão
Impressão e acabamento: Intergraf Ind. Gráfica Eireli.

Todos os direitos reservados pela Editora Ática S.A.
Avenida das Nações Unidas, 7221
Pinheiros – São Paulo – SP – CEP 05425-902
Atendimento ao cliente: (0xx11) 4003-3061
atendimento@aticascipione.com.br
www.aticascipione.com.br

IMPORTANTE: Ao comprar um livro, você remunera e reconhece o trabalho do autor e o de muitos outros profissionais envolvidos na produção editorial e na comercialização das obras: editores, revisores, diagramadores, ilustradores, gráficos, divulgadores, distribuidores, livreiros, entre outros. Ajude-nos a combater a cópia ilegal! Ela gera desemprego, prejudica a difusão da cultura e encarece os livros que você compra.

CLÁSSICOS EM QUADRINHOS

REI ARTUR
E OS
CAVALEIROS
DA TÁVOLA REDONDA

Recontado e Ilustrado por
MARCIA WILLIAMS

Tradução
LUCIANO VIEIRA MACHADO

REI ARTUR

Há muito tempo, quando as florestas ainda eram encantadas, um rei guerreiro chamado Uther Pendragon reinava na Bretanha.* Quando Uther morreu, muitos impostores, inclusive sua enteada, a fada Morgana, reivindicaram seu trono. Então o mago Merlim resolveu usar seus poderes para garantir que o legítimo sucessor de Uther subisse ao trono.

Durante a comemoração do Natal, Merlim fez surgir uma grande pedra, com uma poderosa espada encravada.

QUEM CONSEGUIR ARRANCAR ESTA ESPADA SERÁ O LEGÍTIMO REI DE TODA A INGLATERRA.

Depois da cerimônia, todos os cavaleiros e nobres tentaram arrancar a espada, mas nenhum conseguiu.

Como havia muitos bons cavaleiros que não compareceram à cerimônia, mensageiros partiram para convocá-los.

Organizou-se um torneio para que aqueles cavaleiros tentassem tirar a espada. Um desses cavaleiros era Sir Hector, que veio acompanhado de seus filhos, Sir Kay e Artur. O primeiro a tentar seria Sir Kay. Tão alvoroçado estava, porém, que esqueceu de trazer a espada. Artur voltou ao alojamento para buscá-la, mas encontrou a porta fechada.

* Região hoje conhecida como Grã-Bretanha, que reúne três países: Inglaterra, Escócia e País de Gales.

Quando se lembrou de ter visto uma espada no pátio de uma igreja, Artur resolveu pegá-la. Sem ter lido as palavras da pedra, ele tirou a espada facilmente.

Sir Kay, que sabia da importância da espada, disse ao pai que a havia desencravado; portanto, deveria ser o rei.

Surpreso, Sir Hector foi até o pátio da igreja, onde Artur recolocara a espada. Nem Sir Hector nem Sir Kay conseguiram desencravá-la.

Na frente da multidão que se formava, Artur tentou desencravar a espada, e ela saiu facilmente da pedra. Espantados, os espectadores caíram de joelhos.

Então Sir Hector disse a Artur que na verdade ele era filho do rei Uther. Merlim o trouxera, havia dezesseis anos, para que fosse educado e permanecesse em segurança.

Embora Artur tivesse apenas dezesseis anos, todos se alegraram por ser ele o rei. Primeiro, porém, ele foi nomeado cavaleiro.

Na semana seguinte ocorreu a grande coroação, e todos os defensores da justiça prestaram homenagem a Artur Pendragon, seu legítimo rei.

A FADA MORGANA

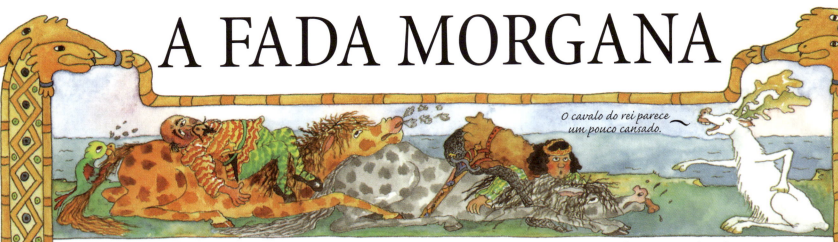

Pouco depois de voltar para Camelote com Excalibur, o rei Artur foi caçar com Sir Accolon, um amigo de sua meia-irmã, a malvada fada Morgana. Eles correram tanto atrás de um veado branco que seus cavalos tombaram, exaustos.

Enquanto se perguntavam como iam fazer sem suas montarias, o rei Artur e Sir Accolon foram convidados a embarcar num navio ancorado ali perto.

Agradecidos, os dois caçadores beberam um pouco de vinho, depois foram instalados em camas confortáveis — onde, exaustos, caíram em sono profundo.

Mas Artur acordou numa masmorra. Deram-lhe uma espada similar a Excalibur e a chance de lutar contra um cavaleiro desconhecido por sua liberdade.

Sir Accolon acordou junto a um poço. Deram-lhe Excalibur e a possibilidade de lutar contra um cavaleiro desconhecido pela mão da fada Morgana.

Então o rei Artur e Sir Accolon se enfrentaram, sem que um reconhecesse o outro.

Artur teria morrido se Merlim não aparecesse, fazendo a verdadeira Excalibur voltar para ele.

Artur tirou o elmo do adversário e, quando estava prestes a matá-lo, reconheceu Sir Accolon.

Então Artur percebeu que eles tinham sido enganados — a fada Morgana queria que ele morresse para tomar-lhe a coroa.

Abatido, Artur dirigiu-se a um convento para curar suas feridas. Mas a fada Morgana, ao saber que seu plano tinha falhado, seguiu-o de perto.

No convento, Morgana entrou no quarto do rei adormecido. Excalibur estava em sua mão, mas Morgana ficou muito satisfeita em se apoderar só da bainha.

Ao acordar, Artur viu que sua meia-irmã tinha levado a preciosa bainha. Montou no cavalo e partiu imediatamente atrás dela.

Quando Morgana viu Artur se aproximar, jogou a bainha num lago profundo.

Então Morgana, num passe de mágica, transformou-se numa pedra, para que Artur não pudesse se vingar.

Artur voltou para Camelote, aborrecido com a traição de Morgana e com a perda da bainha que protegia sua vida.

Mais tarde, uma criada trouxe um manto para Artur, como prova do arrependimento de Morgana. Merlim insistiu para que ela o vestisse primeiro. Quando ela fez isso, seu corpo se incendiou, reduzindo-se a um monte de cinzas. Depois disso, a fada Morgana nunca mais ousou entrar em Camelote — mas todos sabiam como Artur estava vulnerável sem a sua bainha.

GUINEVERE E

Veja! Barba e roupa de gente grande!

Certo, você já é um homem, mas essa tal de Guinevere...

O rei Artur tornou-se um homem. Há muito ele amava a dama Guinevere e, apesar das dúvidas de Merlim, eles se casaram.

Cuidado com a minha mesa.

Está tudo bem com ela.

Como presente, Guinevere trouxe uma magnífica mesa, a Távola Redonda, que comportava cinquenta cavaleiros. Artur ficou encantado.

Quarenta e sete valorosos cavaleiros tomaram lugar na Távola Redonda e assistiram ao casamento de Artur e Guinevere.

Foi você, Merlim? *Não.*

SIR LUCAN   SIR HELEN

Quando os cavaleiros se levantaram para homenagear a nova rainha, misteriosamente seus nomes apareceram nas cadeiras.

A TÁVOLA REDONDA

Artur ansiava por ver todas as cadeiras ocupadas no dia do casamento; por isso, quando Sir Pellinore chegou e seu nome apareceu, o rei o perdoou.

Duas cadeiras continuavam vazias. Merlim pediu paciência a Artur, pois logo uma delas seria ocupada pelo mais valente de todos os cavaleiros.

As palavras *Cadeira Perigosa* apareceram numa cadeira vazia. Merlim advertiu que aquela cadeira estava reservada para o mais leal dos cavaleiros.

Então se criou a Nobre Ordem dos Cavaleiros da Távola Redonda, e todos os Cavaleiros juraram lutar pela verdade e pela justiça.

Depois de pegar a espada e o escudo, Sir Lancelote foi levado ao túmulo de pedra onde o dragão morava. Usando toda a sua força, levantou a pedra sob a qual o dragão se escondia.

E então surgiu uma serpente diabólica, do tamanho de uma casa, cuspindo fogo. Os dois lutaram como demônios enlouquecidos. O dragão era tão feroz que Sir Lancelote pensou que ia ser morto. Mas, com um poderoso golpe, ele matou o cruel animal.

Todos aplaudiram o bravo herói, e o rei Peles, pai de Elaine, pediu que Lancelote ficasse para se recuperar de suas façanhas. Encantado por se encontrar em meio a tantos amigos e admiradores, Lancelote lá ficou, descansando por muitos dias.

A PRINCESA ELAINE

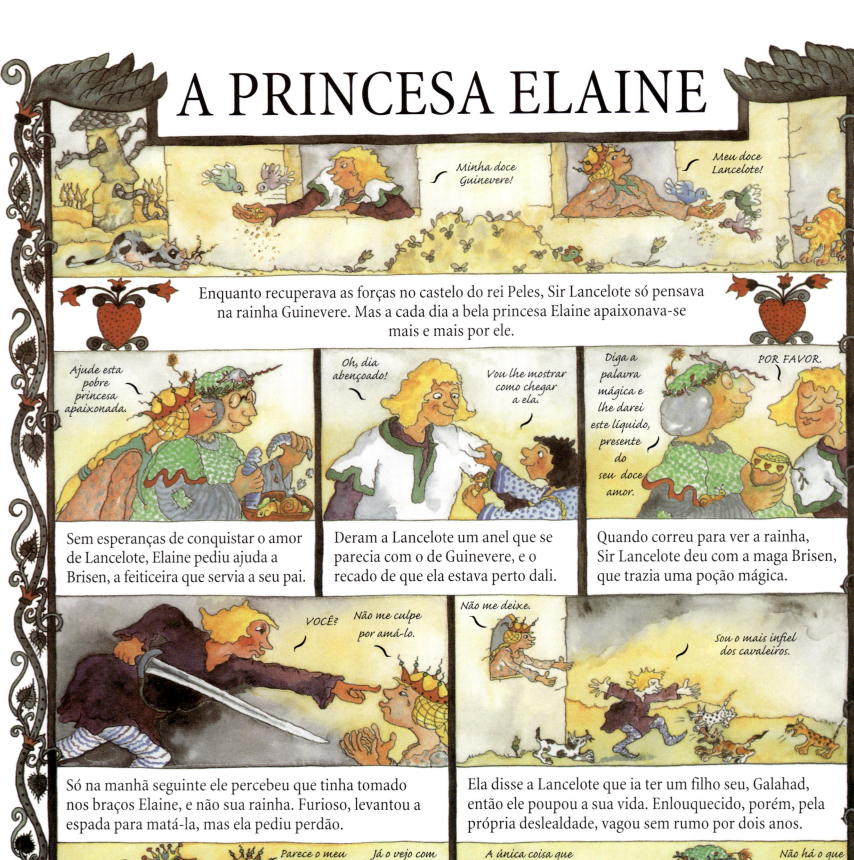

Enquanto recuperava as forças no castelo do rei Peles, Sir Lancelote só pensava na rainha Guinevere. Mas a cada dia a bela princesa Elaine apaixonava-se mais e mais por ele.

Sem esperanças de conquistar o amor de Lancelote, Elaine pediu ajuda a Brisen, a feiticeira que servia a seu pai.

Deram a Lancelote um anel que se parecia com o de Guinevere, e o recado de que ela estava perto dali.

Quando correu para ver a rainha, Sir Lancelote deu com a maga Brisen, que trazia uma poção mágica.

Só na manhã seguinte ele percebeu que tinha tomado nos braços Elaine, e não sua rainha. Furioso, levantou a espada para matá-la, mas ela pediu perdão.

Ela disse a Lancelote que ia ter um filho seu, Galahad, então ele poupou a sua vida. Enlouquecido, porém, pela própria deslealdade, vagou sem rumo por dois anos.

Nesse meio-tempo, Elaine deu à luz o filho deles, Galahad, que haveria de encontrar o Santo Graal e salvar a Bretanha da peste e da fome, conforme diziam.

Embora Elaine amasse seu filho, ansiava tanto por Sir Lancelote que logo ficou à beira da morte. Chamou então o pai e fez seu último pedido, que foi atendido.

O corpo de Elaine foi colocado num barco preto, e as águas do rio o levaram para Camelote. Quando Lancelote voltou para Camelote, viu o corpo de Elaine vindo em sua direção. Ele o tirou do barco e o enterrou não longe dali, para que ficasse sempre perto dele, atendendo ao desejo da princesa.

Foi com o coração pesado que Sir Lancelote sentou-se novamente à Távola Redonda e contou suas aventuras. Ele temia que a rainha Guinevere ficasse aborrecida. Ao ver seus olhos tristes, porém, ela o perdoou, e o rei Artur louvou a sua coragem.

SIR GALAHAD

Com o passar dos anos e das aventuras, Cavaleiros eram mortos ou morriam naturalmente, mas sempre vinham outros ocupar os seus lugares. Porém, a Cadeira Perigosa continuava vazia. Chegou um tempo em que a Bretanha era devastada pela fome e pela peste. Merlim disse na assembleia dos Cavaleiros que aquilo só terminaria quando se encontrasse o Santo Graal.

De repente ouviu-se um grande barulho e uma ventania fechou com força todas as portas do palácio.

Então, como se surgido do nada, apareceu na entrada do palácio um ancião vestido de branco.

Em seguida entrou um jovem cavaleiro vestido de vermelho, sem espada nem escudo.

Enquanto a corte, surpresa e silenciosa, assistia àquilo, o velho levou o Cavaleiro Vermelho à Cadeira Perigosa. Nela surgiram letras douradas, formando o nome do jovem Cavaleiro.

SIR GALAHAD, O PRÍNCIPE

Quando o Cavaleiro se sentou, todos se admiraram de ver uma pessoa tão jovem naquele lugar. Mas o rei Artur ficou radiante por finalmente ver todas as cadeiras da Távola Redonda ocupadas.

Sir Lancelote descobriu com alegria que Sir Galahad era seu filho, nascido da princesa Elaine. Ele levou o jovem Sir Galahad ao rio onde, naquela manhã, tinha visto uma espada encravada numa pedra que flutuava nas águas. Como Lancelote esperava, Sir Galahad tirou a espada com facilidade. Mas ainda lhe faltava o escudo.

20

Achando que Sir Galahad podia conduzi-los na busca do Santo Graal, os Cavaleiros concordaram que Sir Bagdemago o levasse a um mosteiro onde havia um escudo à espera do mais valoroso de todos os cavaleiros. Outros cavaleiros tentaram levá-lo consigo, mas todos se deram mal e tiveram de devolvê-lo ao mosteiro.

O abade deu as boas-vindas aos dois Cavaleiros e deixou Sir Galahad retirar o escudo.

Como era digno daquela honra, Galahad levou o escudo para Camelote sem ser contestado.

Galahad foi muito aplaudido ao entrar no palácio com sua nova espada e seu novo escudo.

Quando Galahad tomou seu lugar na Távola Redonda, um estrondo abalou o castelo. Em meio ao barulho, um raio de sol brilhou na entrada do castelo.

Sob a sua luz se via o Santo Graal, coberto parcialmente por um tecido de seda.
Então, tão de repente como surgiu, o Graal desapareceu.

O rei Artur e seus Cavaleiros ficaram pasmos quando o Graal desapareceu. Merlim disse à corte que aquele era o sinal, há muito esperado, de que tinha chegado a hora da maior de todas as aventuras, a busca do Santo Graal — que haveria de salvar a Bretanha da fome e da peste.

SIR LANCELOTE EM BUSCA DO GRAAL

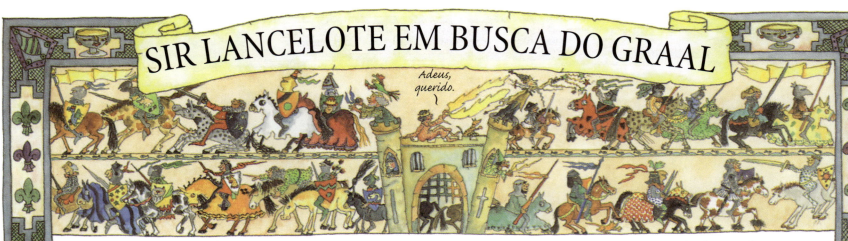

Na manhã seguinte, os Cavaleiros partiram sozinhos ou em duplas para começar a busca do Castelo do Graal, que ninguém nunca havia encontrado. Todos sabiam, porém, que era lá que o rei Peles guardava o Graal. Juntos, Sir Lancelote e Sir Percival partiram a cavalo, com grande esperança de encontrar o objeto.

Sir Lancelote e Sir Percival cavalgaram por quatro dias sem que nada acontecesse. Então encontraram Sir Galahad. Os três estavam com a viseira do elmo abaixada.

Como não se reconheceram, travaram combate. Com um golpe rápido, Galahad derrubou ambos os Cavaleiros e afastou-se a galope.

Sir Percival tornou a montar e foi pedir notícias do Graal a um adivinho.

Furioso por ter sido derrubado, Sir Lancelote partiu em perseguição ao cavaleiro desconhecido.

Quando anoiteceu, Sir Lancelote perdeu a pista de Galahad e resolveu abrigar-se em uma capela.

Embora houvesse luzes dentro da capela, Lancelote não achou meios de entrar.

Desapontado e com frio, ele se recostou numa cruz de pedra para dormir.

Então, como num sonho, Sir Lancelote viu um cavaleiro ferido aproximar-se numa carroça.

A carroça parou na frente da capela, ao mesmo tempo que o Graal aparecia do lado de fora, em cima de uma mesa.

O cavaleiro ferido fez um esforço para tocar o Graal e foi curado por seu poder.

O cavaleiro agradeceu, o Graal voltou para dentro da capela e as portas se fecharam.

O cavaleiro montou no cavalo de Sir Lancelote e foi embora. Perguntando-se se aquilo tinha sido um sonho, Sir Lancelote empurrou a porta da capela.

Os cavalos são tão infiéis!

A porta se abriu e lá dentro se via o resplandecente Santo Graal. Sir Lancelote tentou se aproximar dele, mas uma ardente parede de fogo o obrigou a recuar.

Lancelote estava quase desmaiando de calor quando sentiu que o levantavam e levavam a um castelo próximo à capela, onde ele finalmente desmaiou.

Ele passou vinte e quatro dias numa espécie de torpor febril. Ao acordar, entendeu que foi repreendido pelos vinte e quatro anos em que amara a esposa do rei Artur.

SEJA BEM-VINDO

Uma flor retorna a esta terra estéril!

Sir Lancelote se deu conta de que, embora seu coração fosse ousado, ele não era puro o bastante para aproximar-se do Graal. Então, como não havia ninguém no castelo, partiu para Camelote. Lá foi muito bem recebido, pois poucos Cavaleiros voltaram da busca do Graal; muitos talvez tivessem morrido.

SIR PERCIVAL EM BUSCA DO GRAAL

Depois de se separar de Lancelote, Sir Percival procurou um adivinho. Este lhe disse que o Cavaleiro com quem tinham lutado era Galahad, e só ele sabia as palavras mágicas que ativavam os poderes curativos do Graal. Disse ainda que, se Sir Percival fosse corajoso, poderia ajudar Sir Galahad.

Sir Percival despediu-se do adivinho e saiu à procura de Sir Galahad, mas de repente foi atacado por dez homens armados. Apesar de se defender com bravura, os inimigos eram muitos. Seu cavalo foi ferido, e ele estava prestes a ser morto.

Então, saiu da floresta um cavaleiro vestido de vermelho que se pôs a derrubar os malfeitores. Logo todos eles tinham morrido ou fugido. Como não reconheceu Sir Percival, o Cavaleiro Vermelho esporeou o cavalo e logo se distanciou bastante.

Como não podia persegui-lo a cavalo, Sir Percival gritou, certo de que o Cavaleiro Vermelho era Sir Galahad. Mas o Cavaleiro seguiu em frente.

Resolutamente, Sir Percival foi atrás de Galahad a pé. Certa manhã, ao atravessar um riacho, Sir Percival viu um leão bebendo água.

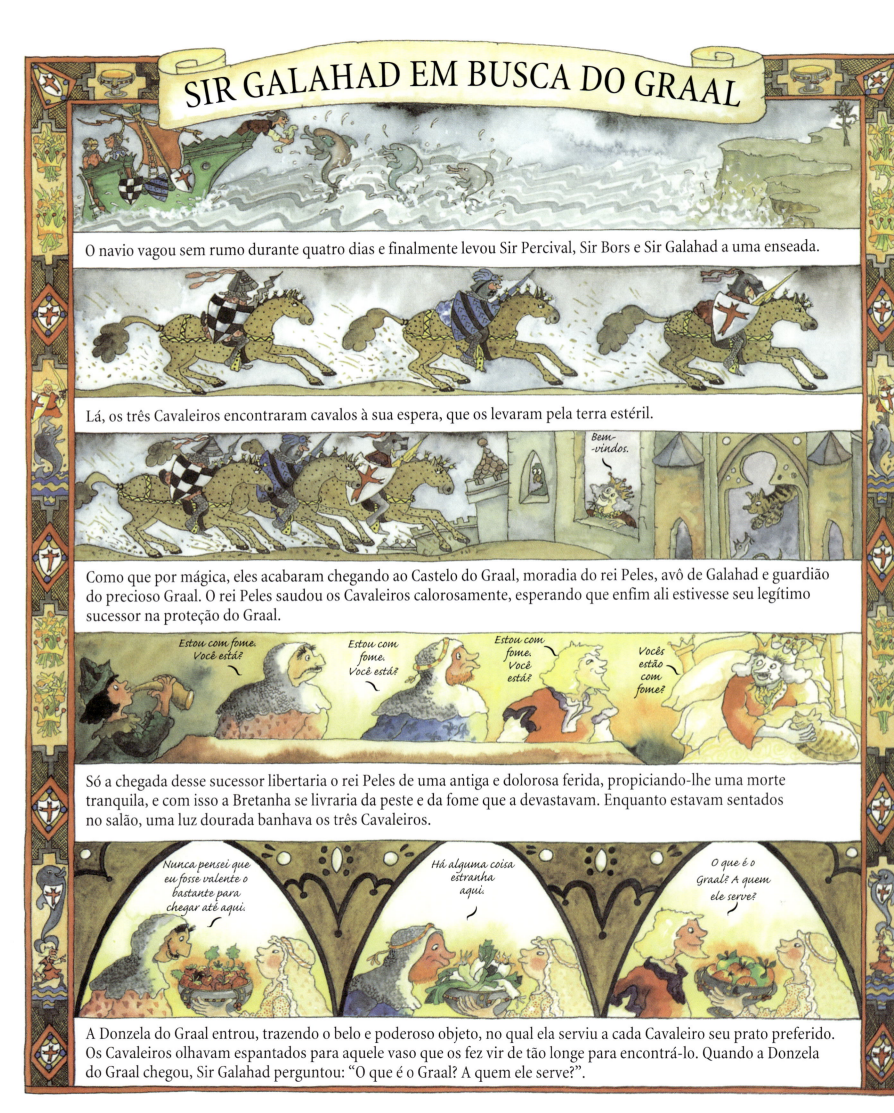

CAMELOTE

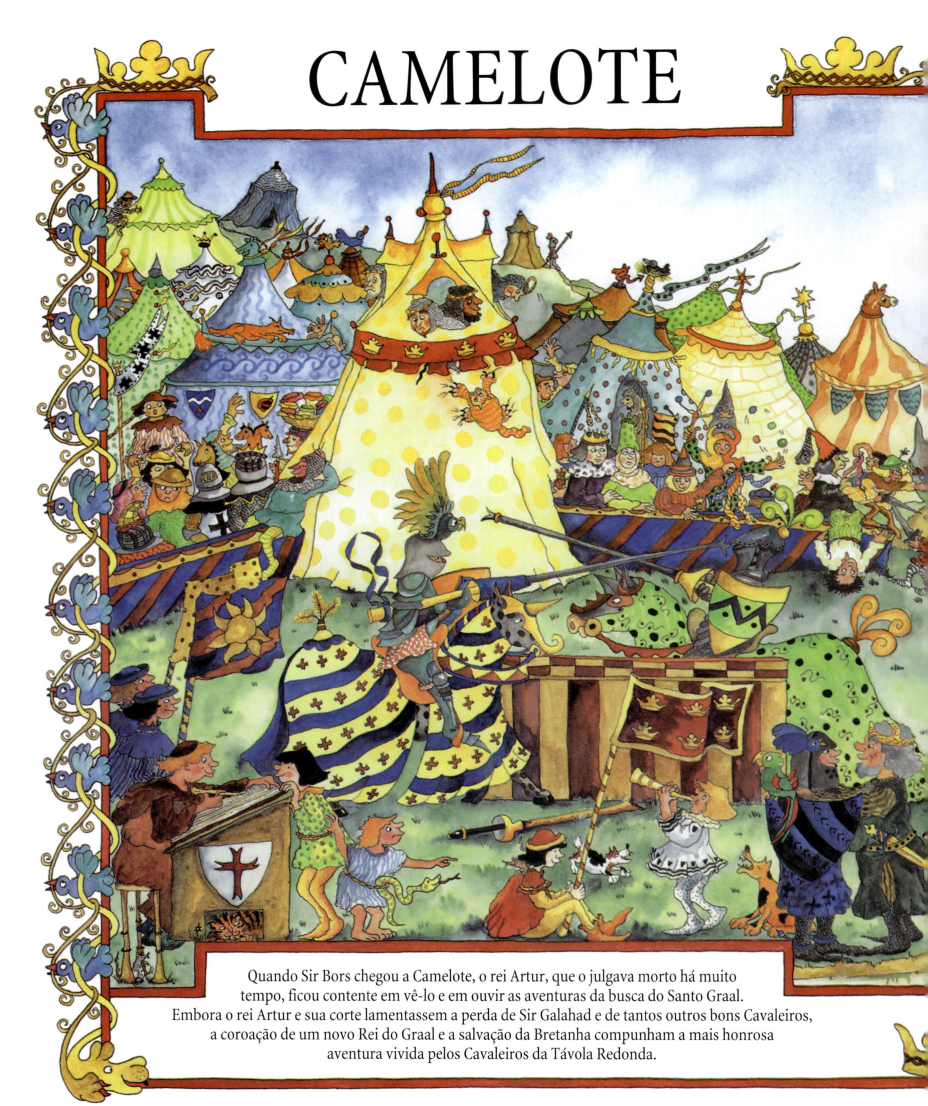

Quando Sir Bors chegou a Camelote, o rei Artur, que o julgava morto há muito tempo, ficou contente em vê-lo e em ouvir as aventuras da busca do Santo Graal. Embora o rei Artur e sua corte lamentassem a perda de Sir Galahad e de tantos outros bons Cavaleiros, a coroação de um novo Rei do Graal e a salvação da Bretanha compunham a mais honrosa aventura vivida pelos Cavaleiros da Távola Redonda.

CAMELOTE

O rei Artur encarregou os escribas de escreverem a história da busca do Santo Graal para que todos a conhecessem, pois ela cobria de glória o seu reino. Realizou-se um magnífico torneio para celebrar a ocasião e homenagear o maior de todos os Cavaleiros, Sir Galahad. O nobre rei Artur Pendragon e os bravos Cavaleiros da Távola Redonda ainda haveriam de viver muitas aventuras, mas nenhum deles jamais esqueceu aquele dia.

OUTROS TÍTULOS DA COLEÇÃO
PARA VOCÊ LER E SE DIVERTIR

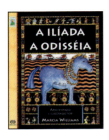

A ILÍADA E A ODISSEIA
A guerra entre gregos e troianos, o combate entre Aquiles e Heitor, o Cavalo de Troia, a perigosa viagem de Ulisses, o pavoroso monstro Cila... Duas emocionantes histórias repletas de heróis e monstros espetaculares!

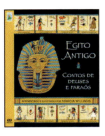

EGITO ANTIGO – CONTOS DE DEUSES E FARAÓS
Mistério e aventura, histórias dos faraós e deuses egípcios que fascinam a humanidade há milhares de anos.

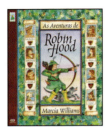

AS AVENTURAS DE ROBIN HOOD
O famoso arqueiro combate as injustiças do inescrupuloso Príncipe João junto com seu alegre bando, roubando dos ricos para dar aos pobres.

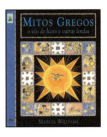

MITOS GREGOS – O VOO DE ÍCARO E OUTRAS LENDAS
Oito histórias clássicas recontadas com humor e sensibilidade. Uma oportunidade imperdível de conhecer toda a riqueza da mitologia grega.

DOM QUIXOTE
O tom satírico do clássico *Dom Quixote*, de Miguel de Cervantes, dá o clima dessa hilária adaptação em quadrinhos. Não perca a chance de morrer de rir com Quixote e Sancho, a dupla mais atrapalhada do mundo dos livros!

Obras clássicas da literatura universal adaptadas para os quadrinhos com muito bom humor.